# 미분과 달리기

**정우신**

1984년 인천에서 태어났다.

2016년 『현대문학』을 통해 시인으로 등단했다.

시집 『비금속 소년』 『홍콩 정원』 『내가 가진 산책길을 다 줄게』 『미분과 달리기』를 썼다.

2023년 내일의 한국작가상을 수상했다.

파란에서 펴낸 정우신의 시집 비금속 소년(2018)

파란시선 0141 **미분과 달리기**

1판 1쇄 펴낸날 2024년 6월 20일
지은이 정우신
인쇄인 (주)두경 정지오
디자인 이다경
펴낸이 채상우
펴낸곳 (주)함께하는출판그룹파란
등록번호 제2015-000068호
등록일자 2015년 9월 15일
주소 (10387) 경기도 고양시 일산서구 중앙로 1455 대우시티프라자 B1 202-1호
전화 031-919-4288
팩스 031-919-4287
모바일팩스 0504-441-3439
이메일 bookparan2015@hanmail.net

ⓒ정우신, 2024, printed in Seoul, Korea

ISBN 979-11-91897-77-7 03810

값 12,000원

*이 도서는 2024년 한국문화예술위원회 아르코문학창작기금(문학창작산실) 사업에 선정
되어 발간되었습니다.

# 미분과 달리기

정우신 시집

시인의 말

나의 행간에는
이름 모를 생물들이 살고 있다

# 차례

시인의 말

▨ Track 1: 입체

# 기면

초겨울 저녁, 아무도 없는 이층집에 라디에이터가 돈다.

꿈의 바깥에서 새소리가 들린다.

여러 마리가 한 마리를 뜯어먹는 소리.

따뜻한 날개에 웅크리고 있었는데 그중 하나가 소리를 낸다. 자기가 먹힌 것처럼.

밤새 벽을 두드렸다.

가슴 전체가 뜯겨 나간다.

나는 남은 물을 마저 돌린다.

# 입체 건축 꿈

—

사랑을 찾으러 떠난다
핏불테리어 네 마리가 지나간다
LP를 고르다가 물린다
분홍 롱부츠를 신고 다시 걷는다
테라스에 어울리는 포크와 나이프를 찾는 일에
남은 생을 보낼 것이다
비둘기 몇 마리
수용소 굴뚝에 앉아 쉰다
너를 물에 담가 두고 공원에서 시간을 보낸다
골동품 가게를 드나든다
공사 차량이 온다
박물관은 문을 닫았다
폭우가 내린다
모든 것이 떠내려가게 둔다
물에 불려 둔 것은 절단이 수월하다
시멘트를 섞다 보면
죽은 사람이 깨어난다

—

# 식용

수요일은 도축이 있는 날입니다. 도축장으로 끌려가는 돼지 소리도 좋고 칼 가는 소리도 좋은데 벨 소리는 아직도 좀 거슬려요. 나를 찾을 사람이 없는데 누가 나를 찾는 거 같아서 기분이 별로입니다.

13호 도축장을 제일 좋아합니다. 주말이 지나면 생선 비린내가 같이 풍기거든요. 돼지 배를 가르면 어느 날은 생선이 파닥파닥 쏟아졌으면 하는 상상을 합니다.

처음이 어렵지, 다음부턴 손에 익은 대로 하면 되는 거 다 아시잖아요. 그날은 제가 좀 연약했어요. 미리 준비했다면 재미를 더 봤을 텐데. 생물 기관(器官)만 몇 번을 그려 보다가 잠이 들었어요. 코부터 자를지 왼쪽 귀부터 자를지. 불에 넣을지 물에 넣을지. 고양이가 좀 더 분명하게 해 달라고 문을 두드렸다니까요.

저는 영혼이 날아가는 것 같아서 아랫배를 눌러 줬어요. 웃고 있으면 맑은 피가 도는지도 궁금했고요. 선생님, 선생님 집에 보낸 아이스박스를 열어 보셨나요.

# Black sheep

—

웨이터가 양을 어깨에 메고 다닌다
내장은 깔끔하게 비워졌고
눈과 코는 꿰매져 있다

양의 머리에 손을 넣고 소원을 빌어 보세요
당신의 꿈이 이루어집니다
양이 더욱 좋은 세상으로 갈 수 있습니다

달팽이가 보여요
회오리 그리고 마시멜로

나의 꿈은 늦게 일어나는 것입니다

손님은 친절합니다

내가 움직일 때마다
양고기 실밥이 조금씩 풀린다
가족이 웃고 있다

—

허리춤에 칼을 차고

いただきます!

# 게스트하우스

당신은 버터와 시금치 중에 무엇입니까

이곳은 고기가 맛있습니다
나는 고양이와 살고 있습니다

나는 감자튀김을 좋아합니다
당신은 왜 감자튀김이 되었습니까

*

히비스커스차에서
실핏줄을 본 것 같아요

오이비누와
향신료 냄새

레바논에서 온 여자는
시체 옆에서
밥을 먹던 이야기를 하고

16

*

안녕, 당신
나는 아무것도
하지 않기 위해 왔어요

아침에 요리한 카레는 현재완료를 사용합니다
지금도 향이 부엌을 맴돌고 있으니까요

*

나는 아직도 시금치입니다
시금치를 갉아먹던 여름입니다

# Confusion matrix

—

커다란 나무 몇 그루 흔들리는
주택가가 필요하고

길의 끝에는
크레인이나 트레일러

토끼는 여기저기 색깔별로
넣어 주세요

이제 산책을 시작합시다

(　)
(　)

우리는 어디에 뿌리를 내렸는지 몰라요

All in all it's just another brick in the wall

All in all you're just another brick in the wall

—

세상에는 테스트에 통과한 자가 많으니

판을 흔들고

산책을 다시 시작합니다

오늘은 몇 개의 발톱으로 지냈나요?

지붕에 골반을 널어놓고

새소리를 듣기 시작했다는 것은

가까워졌다는 겁니다

구걸이 끝나도
집은 계속되는군요

(    )
(    )

비가 오는 날엔

토끼탕을 끓여 봅니다

## 일용직 토끼

아지랑이가 귀를 쫑긋 세우곤 태양이 흔들리는 소리를 듣고 있었다.

그을린 털을 보여 주거나 검은 발바닥을 보여 줘도 그들은 이해하지 못했다.

때때로 발생하는 산불이 나의 바뀐 눈동자에서 시작된다는 걸 왜 모를까.

*

사랑하는 사람의 눈동자에서 정말 셀로판지 구겨지는 소리를 들었어?

사랑을 해 보긴 한 거고?

걸레를 삶는 일보단 아무래도 양털을 밀어 주는 편이 낫겠어.

샤워를 해도 톱밥은 어딘가 남아 있고.

나무의 기본이 뭔지 몰라서 여기까지 왔어요. 그렇다고 나무의 기분을 알고 싶은 건 아니고.

이러나저러나 구원은 오지 않으니까. 아니 이미 낡은 것이니까.

전통은 어디까지?

섞어찌개 먹으며 토끼털 떠다니는 소주 마신다.

질문을 던지는 것이 가장 중요합니다. 간단합니다.

쉬운 일이 어디 있겠습니까?

I would prefer not to

하지만 그게 편해요.

왜 돈 없어도 돈 없는 일을 해요?

파노라믹 옥상에 올라

박하사탕 같은 안개를 물고 키스해요.

시를 써서 아이를 키울 순 없지만

돌반지를 팔아 시집을 사요.

세상이 그런 거지 뭐. 아무것도 아닌 거.

아무것도 아니었던 일이 제일 커다란 일이 되는 거.

여러분의 법은 무엇인가요?

I would prefer not to

무엇을 위해 그렇게 열심히 살아요?

기분을 미루세요.

—

사랑은 나중에 챙기시고.

*

여러분, 흰빛을 본 적 있나요?

내가 보이지 않는 곳까지. 이끌려 간 적 있나요.

그 흰빛에 누워. 겨울 동안 내리는 눈발을 바라보면서.

사랑하는 사람의 눈빛과 부딪혀 녹아내리는 것들을 오랫동안 지켜보면서.

모닥불 주변으로 모여드는 사람들.

죽은 토끼의 소리가 들려오는 겨울이 있습니다.

—      *셀로판지 구겨지는 소리: 최승자, 「청파동을 기억하는가」.

# 물의 시차

저녁의 골목이었다 오렌지빛이 창문마다 새어 나온다 무릎들이 어둠을 밀어내며 페달을 굴린다 자전거를 타고 골목길로 들어간 너는 나오지 않는다 우편을 태워 버리고 껌을 씹는다 너의 꿈속을 걸어 다니는 나의 안경들

택시를 타고 집으로 향하는 중 마포대교에서 졸았는데 눈을 떠 보니 웨스트민스터다 근위병들이 나를 노려본다 여권 없이 왔는데 어쩌면 좋을까 생각하는데 택시 기사가 나가서 해결한다

역에서 내려 편의점에 간다 생수와 맥주 그리고 감자칩을 산다 생수부터 골라야 신성하다는 이스라엘 점원이 오늘은 총기를 손질하지 않고 펑펑 울고 있다 팁을 줬어야 할까 집으로 가는 골목에서 자꾸 깬다

나는 네가 잃어버린 것을 안다 그것은 빛으로 덮여 있다 시장으로 가 미고랭과 나시고랭을 섞어 먹는다 공원을 걷다 보면 나와 닮은 사람이 지나가기도 한다 너는 문방구로 향한다

—

테이블에 모여 스터디를 한다 너는 묵념하거나 빈 의자를 바라보다가 존다 스터디가 끝나면 하이드 파크로 향한다 이층 버스 문이 열렸다 닫힐 때마다 쌀쌀한 바람이 오르내린다 나는 골목에 혼자 남아 갈증을 기다린다

껌을 씹고 있었는데 입안 가득 지점토였다 사라진 입술을 찾기 위해 컵을 만들었다 우리는 꿈속도 그리 넓지 않구나 나는 가방에 넣어 둔 미역을 꺼내 너에게 준다

—

# 끈

톱과 소형 발염 장치를 샀다

가스든 손가락이든
끊기는 건

그저 불편할 뿐
좋지도 나쁘지도 않았다

그러니까 나에게는 선택권이 있어서 문제다

그림처럼
움직이지 않았으면
소리를 내지 않았으면

대장장이는 불꽃을 보다가
그것을 눈에 들여놓기도 한다

절단된 머리가
다시 붙을까 봐
프레스기에 넣어 버렸다

강가의 들꽃들이 말을 걸었다

명백한 동기가 있다면
나도 남들보다 먼저 끊어 보려고
재미 좀 보려고

# 오늘은 실수가 잦다

뼈는 안 보이고 피부는 질기다
덜렁거리는 손목, 주머니에 넣어 두고
크레인을 조종한다
테이핑을 끝내면 오미자 한 잔을 먹고
사료를 주문한다
상처 난 곳은 치료하지 않고
묶어 두는 편이 낫다
작업이 없을 땐 쇳소리를 듣거나
숨을 참았다가 뱉어 본다
그렇게 심하게 저항하는 생물은 처음이다
세탁기를 돌리고
휴식을 위해 스크린을 본다
나비가 빙빙 돌다가
컵으로 툭 떨어진다

# 공심채를 볶는 저녁

여관으로 쓰였던 건물이었습니다. 이 층 끝 방에 장화를 넣고 문을 잠그고 계단을 내려오면 반대편 골목에서 다리가 걸어옵니다. 이 동네에선 지붕이 보이지 않아요. 나는 그림자가 익숙합니다.

처음으로 작업한 다리와 여덟 번째 다리 모두 검지가 없었는데 같은 개체의 것일까요. 내가 기록에 남겨 봤자 분석할 사람은 없을 겁니다. 누군가 분석해도 믿을 사람도 없고요. 믿음이 생겨도 사랑할 사람이 없다는 게 가장 중요하긴 하지만요.

동굴이나 폐건물에서 살아가는 몇몇 종족은 발바닥만 남아 있습니다. 머리가 발에 달린 생물들이 해바라기가 달린 슬리퍼를 신어 봅니다. 치약과 갓 바른 시멘트 냄새가 났습니다. 가치관이 달라지면 뼈의 형태도 달라집니까.

창고 열쇠를 따고 들어온 개체가 물었습니다. 당신은 나의 주인입니까. 이 웍에 담긴 재료가 당신의 것이 맞습니까. 종아리를 눌러 기름을 채취하겠습니다. 나는 15쌍의 다리를 흔들며 이 층 방으로 다시 올라갔습니다.

# 인간붙이

오리가 일어서면 두루미

닭과 타조

풀무치와 사마귀

물과 풀에 얼마나 저항할 수 있는가

자신이 가진 높이를 어떻게 고통으로 등분할 수 있는가

사거리의 예수 천국

오늘도 손을 흔들고 있습니다

별일 없이 앞다리가 잘 달려 있다는 것

생명은 재미있지요

하나의 종(種)으로 썩거나

변형되면서 부패되거나

참돔과 도미

물방개와 소금쟁이

물맛을 알게 되는 순간

비슷한 먹이가 되었습니다

턱에 달린 주머니를

머리 가슴 배로 옮겨 봅니다

슬픔을 삼등분할 수 있다면

조금 더 가벼워질 텐데

육체 주머니에 물을 넣고 다니지 않아도 될 텐데

집회에 모인 무리들

앞발이 살짝 들렸습니다

길바닥에 흩어진 울음들을

자신의 입속에 넣습니다

대형 참사 현장을 지나갑니다

할머니를 화장(火葬)하고 남은 고관절 철심

주머니에서 짤랑거려요

# 네 가지 복제약과 몽키 시티

1

파르페에 꽂힌 종이우산을 돌리며 빗소리를 들었다 쇼
핑백에 모래를 넣거나 들춰 보기도 했다 오줌 냄새가 나는
곳엔 의자를 쓰러트렸다 긴 팔로 할 수 있는 건 이 정도였
다 부모는 해변에 널브러진 금속을 주우며 나를 키웠다 살
다 보면 꼬리가 두 개이고 팔이 하나인 부모도 있고 팔이
두 개고 꼬리가 한 개인 부모도 있다

내가 자꾸 뭔가를 쓰니까

손목을 절단하잖아

꼬리가 된 팔은 좋아지지도 나빠지지도 않고

의안(義眼)처럼

빛의 분량이 달라질 때

더 맛있게 구워지는 고기

나는 클론 원숭이를 키웠다 끄는 법을 몰랐다 분홍 털을
가진 원숭이는 완두콩을 까며 시간을 보내거나 화산에 올
라가 미끄럼틀을 탔다 훌륭한 볼거리였다 관광객들은 브
라보! 브라보! 외치며 동전을 던졌다

그을린 꼬리
바닷물에 담가
식혔다

휘어진 도로의 마지막 집
뒷골 요리 전문점

쟤가 우리를 당기는 건지 미는 건지
모르겠지만
한 푼이라도 아껴야지요 여보

넷플릭스 보다가
옥상에서
떨어지는 원숭이들

2

그러니까 이사를 하다가 쏟아진 선인장 때문에 무언가를
쓰게 되었는데

팔꿈치야 무릎이야
골라
보험은 들어 놔야지

꽃게 다리들
끝을 모르고 사는 사람처럼
계속 움직이고

맛있는 음식이 없어서
화학전을 결심했다

바지선에 묶여 있었지 두개골에 들어와 군체를 형성하는
산호, 나는 오로라처럼 검정을 흔들었지 난 늘 한 뼘이 부
족했어 펭귄이 비둘기처럼 공원에서 부스러기나 쪼는 모

습을 보면 죄를 지은 것 같았어 가슴 위에 납을 올리고 불
을 지피고 또 납을 녹이고 물을 뿌리고

알아서 기어 나오게
집집마다
스크린을 설치했다

재미가 있겠네요
거기 가족도 있고
애인도 있고

바닷가에서 원숭이가 돌을 던지는 장면이 나왔다 원숭이
의 눈에 박힌 카메라가 이곳을 응시했다

코냑과 말린 지네를 먹다가
방독면을 도난당하는 주인공

교훈을 얻은 이들은
다시 스크린 앞에 앉아

—

모래바람이 부는 장면으로 시작하는 다큐를 봤다

옆구리에 물주머니를 차고
뒤뚱거렸다

고민하는 듯 보였다
여기에서 저기로 어떻게 이동할지

원숭이가 되느냐
바라보는 원숭이가 되느냐

둘 중 하나는 선택해야 했다

3

만두에서
고무 같은 게 씹혀 삼촌
혈관이야
단백질

—

더 먹어

삼촌은 뭐든지
잘 먹었다

네가 집에 오면
스킨 냄새가 나는구나

삼촌은 칭찬하며
소독을 계속했다

손과 꼬리가 다 탄 채로
서울에 사는
원숭이들

나무가 없는 곳에 살면
식습관도 달라지지

오늘은 벌이는커녕
삥을 뜯겼다

폐기관차에 남은 기름이나
전기를 열심히 모아
하는 일은
오 분짜리 다큐 감상

삼촌 나
학교에 가고 싶어

학교에 가면
뭘 하려고?

배식
배변

야광 낚시찌가
개구리 배 속에서
얼마나 버틸까?

빛이 새어 나온다면

멋질 텐데

신선한 재료가 될 텐데

  유리병이나 젖은.수건으로 교육받는 날마다 해바라기 씨를
모았다

  연립주택 창가에 놓인
  죽은 화분들

4

  죽은 척 살아
  눈에 띄지 말고

  스크린 경마장 아저씨는
  쥬시후레쉬 한 통을
  다 씹고

  동전을 바꾸며 말했다

마지막으로 먹은 건 뭐야
탄 맛 나는 면
종이 같은 거

중국집 거울 뒤로
지나가는 무심

아이는 껌도 잘 팔고
도박장에 버려진
차도 잘 팔고
판을 엎기도
맞아서 죽은 척도 잘했다

나는 원숭이 심장에 귀를 대 보기도 하고
절벽으로 올라가 던지기도
안아 주기도 했다

코코넛을 주면
눈꺼풀만 깜박이던

축 늘어진 팔로
나에게 긴 꼬리를 선물하던

아이는 오토바이를 타고 다니며
건물을 익혔다

약자가 이렇게 많아
사기 치기 좋지

더 갖고 싶은 건 없어?

나는 줄담배를 피우다가
카메라를 걸어찼다

　그렇게 팁을 받고 탕진하고 하다 보면 한 계절이 지났다
방독면을 거꾸로 쓴 박사들이 나를 분석하려고 하면 나는
내 꼬리를 잘라 플레이팅했다 냅킨에 낙서하며 관광객 행
세를 하기도

# 메카닉

—

　삼촌은 기계를 잘 다뤘다 아픈 사람도 기계로 고쳤다

　비가 오거나 스님이 시주를 오는 날이면 톱날을 교체하곤
했다

　삼촌은 언제 뭉툭해졌더라

　몇 번째 톱날이었더라

　기계가 삼촌을 오랫동안 만지던 날

　우리는 기름이 떠다니는

　미숫가루를 마시며

　철판을 옮겼다

—

# 바이오

유리병과 전선 다발을 정리하던 엄마

뺨을 때리는 자의 두개골 사이즈를 재다가 포기해 버리는 엄마

전자담배를 피우다가 골반이 날아간 엄마

엄마는 도마뱀도 아니고 버드나무도 아니지

녹슨 목덜미와 정강이를 긁으며 식료품점을 기웃거리던 엄마

*

탈출에 성공하고 미용실에 간 엄마

내가 누군지 모르고

나를 어디에서 낳았는지 몰랐다

—

낮에는 전단지를 돌리고 밤에는 전선을 훔쳤다

*

나는 파충류의 돌기, 소화기관, 시력

거미줄 같은 것을 익혔다

석양은 창문을 골고루 두드리고

잠시 부풀다가 가라앉는 뇌막

*

식사할 땐 쇼팽

맞을 땐 헨델

재활이 완료될수록

—

불행은 가까워지고 　—

*

엄마는 우리가 어디에 사는지 모른다

어디서 도마뱀을 가져오는 거야

비늘 달린 옷이
왜 아직도 필요해?

더 이상 엄마가 보이지 않게

물을 빼자 모래를 붓자

그러면 나는 버드나무가 될지도 몰라 거미가 될지도 몰라

삼촌이 물어보면
무조건 아니라고 하면 되는 거지?

—

맞다고 해?

*

나를 모른 척 지나가는 엄마

그렇게 살아 봤자

용량이 바뀌지 않을 텐데

태어나는 건 또 나일 텐데

# 물의 가족

물에 들어가 눕는다

다른 사람의 무게가
발목을 당긴다

물방울 하나
귓속으로 들어와
눈을 튼다

턱으로 내려와
입을 벌린다

맛조개처럼

햇빛을 쬐다가
쏙 들어간다

물 냄새가 바뀌는 시간이다

물은 물을 입고

하천을
산책한다

## 부모와 세포

두 개의 그림자

뒤로 밀려나

네 개가 된다

둘 다 죽지 않았으면 좋겠다고 소원 빌고 오는 길

나는 또 죽는다

▦ Track 3: 선

# 두부

두부를 들고
골목을 걷는다

물컹하고 딱딱한 그것
온기가 바뀌고
더 이상 움직이지 않는다

네 몸속에 물고기가 있어
나는 그걸 구해 줄 거야

무출혈
저온 수술

두부를 넣은
검은 봉지를
흔든다

코끼리를 넣어 둘
서랍이 없다

# 모로코 소년

무엇을 버리기 위해
이 도시에 왔는지 몰라요

환승 기차를 놓쳤고
화장실에 갔는데

한 소년이 손바닥을 보여 줬어요

실뱀이 잔뜩
나왔는데

나는 그걸 주워 먹다가
입이 찢어진 걸 알았어요

흰꼬리잎말이나방 떼가
핀처럼
얼굴에 박혀 있었어요

사람들은 소년이 어디에 사는지 몰랐어요

새들이 우르르 몰려와
발톱으로 혈관을 꽉 누르고 가요

내 머릿속
나뭇가지에 앉아서
알을 까 놓고
가는 사람들

옷가지를 풀고
불을 피웠습니다

나의 침묵은 지난번의 침묵과 다릅니다

# magnetic

—

나는 욕실에서
죽어 가는
입김이 좋다

거울 끝자락부터
얼굴을 내미는
녹이 좋다

고개를
들고
거울을 본다

밤새 어디를
끌려갔다
왔는지

목에
빨랫줄 자국
여러 개

—

## 과도와 햇볕

아카시아 향기와
운동장 먼지 냄새 섞이면

웃음소리를 따라서 갔어요

수업 듣는 아이들
기다리다 보면
비도 오고

구령대 밑
창고에 들어가
망치나 밧줄 만지작거리다가

웃음소리가 들리는 집으로 갔어요

고양이도
화분도

신발도 먼지도

모두가 나를 비웃고 있었어요

나를 위해서 창문을 열어 둔 집이 있었다니까요

# 줄기세포

자려고 누우면 무언가 희멀겋게 아른거려서, 밤새 전구를 끼웠다가 풀었다가 하는 소리가 들려서 장미를 키우게 되었습니다. 줄기가 필요하기도 했고요. 그날 분갈이를 한 건 실뿌리가 심장을 자꾸만 삐져나와서, 잘라 달라고 부탁하는 것 같아서.

적막해서 물을 틀어 놓고 잤어요. 머리에 커다란 비닐백을 씌우고 공기가 들어가지 못하게 단단히 고정했어요. 줄기가 시퍼렇게 변하고 이파리가 파르르 떨 때 짜릿했어요. 손톱을 젖히고 티슈로 잎맥을 하나하나 닦아 줬어요. 흙으로 덮어 줬어요.

숨을 쉬기 힘들까 봐요. 소지품도 몇 개 넣어 주고요. 일주일에 서너 번 그렇게 했던 거 같아요. 남은 장미는 한 봉지씩 담아 이웃에게 나눠 주고 남은 것은 내 몸에 심었어요.

# 내일은 가고 싶어요

흙에 좀 들어가
쉬고 싶었는데

몸이 있어서
멀리 떠날 수가 없네요

인사를 하지 않고
결심을 합니다

그림자를 돌아 나와
풀에 기대

비가 올 듯하면
구멍을 찾아

.............................

어떻게 들어가야 할지
몰랐는데

기계가 대신
울어 줍니다

## 제철소

태양의 눈을
뽑았는데

끊임없이
딸려 나오는 H빔

그가 집으로 들어오면

식칼 같은
달이 뜬다

# 케미칼 제1공장

멈춰 서는 기차가 없어서
역을 만들었는데 아무도 오지 않는다

그는 돌을 나르거나
볼트를 조였다가 풀었다가
담배를 피운다

안개 가득한 허공에 얼굴을 넣고 있으면
가끔 물방울이 튄다
죽은 자의 눈물 같은 것이 둥둥 떠다니는 것이다

자동 시계 자동 피아노 자동 스프링클러
나에게 말을 그만 걸었으면 한다

은행원이 공장에 갔어요
그는 크레인에 매달려 있었대요

그의 부채
중력처럼 육체를 빠져나오지
못하고 있네요

# 초원과 물탱크

—

　무너지기 좋은 장소인데 꼭 빠져서 문제가 되는 것들이 있었다 나는 물에 소독약을 푼다 그것은 내 피다 내 일이다

　내일이면 갈 수 있겠지 길이 열리겠지 언제까지 우유를 짜야 할까 염소가 전속력으로 달리다가 멈춘다 충돌할 곳이 자신의 그림자밖에 없다 발굽으로 그림자를 파며 시간을 보낸다 파리가 들러붙는다

　입술이 여러 개가 달려서 곤란하다 포복을 할 때마다 안과 밖이 뒤바뀐다 산 것은 모래에 던져두고 죽은 것은 유리에 넣어 두면 편리하다

　강물의 살결이 벌어진다 등 발목 허리 이마로 녹조가 번진다 옷을 벗으니 흰 가루가 떨어지고 있었다

—

# 미수(未遂)

개가 물고 온 건 양말이었습니다.
목장갑을 가져왔다면
손은 남겨 두었을 겁니다.

모르죠. 기분이란 건.
쥐색 이불을 덮고 있으면
틈으로 들어오는 빛의 꼬리 같은 거니까.
온몸에 올리브유를 발라도
밤은 찾아옵니다.

묻는 말에 대답하지 못하거나
제자리걸음을 하면
설레요.

개수가 중요한가요.
마트에 가서 사면 되는걸요.

머릿속에서 딸각, 하고 소리가 났으면 좋겠는데
양말과 목장갑을 돌돌 말아 던지다 보면
그 소리가 났던 것도 같은데

—

포도가 짓물러서 속상했어요.

손으로 해야 할 일을
손으로 할 수 없으니
가위가 빛나는 밤입니다.

—

## 의료

양을 가른 건 아이를 꺼내 주기 위해서였어요.

병원에서 파는 도넛이 맛이 좋아요.

아이에게 도넛을 나눠 주고 싶었어요.

물론 위험이 따르겠지만 저는 병아리부터 송아지까지 모두 손질해 봤어요.

곤란한 상황에서도 잘 빠져나왔어요.

영안실에 따라간 건 보호자가 슬리퍼를 두고 가서 찾아 주려고 그런 거예요.

제가 먹고 있던 것이 도넛이 아니었나요?

우유를 쏟고 눈을 감았어요.

피가 사방으로 튀어야 덜 아프다고 했어요.

—

도넛을 입가에 하나도 묻히지 않고 먹어서 기분이 달라
졌어요.

분명 아이가 구해 달라고 했어요.

배 속에서 양들이 울고 있다고 했어요.

—

# 가정

나는 무덤에서 태어나
사랑하는 것들을
무덤으로 집어넣는다

한 사람을 지나면
무덤 속에
내가 놓인 것 같고

단 한 사람을 지나면
내가 무언가를
묻은 것 같기도 하다

잘못한 사람이 나오지 않으니까

우리 집으로
죄가 모인다

# 무인 성당

—

기도보다
기도하는 네 모습이 좋아서
무릎을 꿇으면

두 손을 모으면

깜빡이거나 뻐끔거리는 얼굴이 느껴지고

내가 그곳에서
비를 느끼면

긴 의자가 놓이는 것이다

살구를 파먹던 벌레가
살구의 무게를
버리고

숲의 규모를 생각하는 것이다

— 그것은 막 살인을 끝낸 자의 상쾌함이라고 중얼거리면서

사랑이 남았다고 믿으면서

나는 성당 앞
너를 기다리고 있다

# 초기화

돌을 내려놓으면
숨을 쉬기
힘들었어요

자를 건
다 자르고

봉합하니

작은 주머니가
되었어요

물이 한결 가벼워졌어요

여기가
하체인가요

‖
‖
‖

아무것도 닿지 않는다

# 금속 모기

그는 모스크에 들어가기 전
헤드를 내려놓는다

그는 사족보행하고
호스로 엉덩이에 물을 뿌릴 줄도 안다

반지하
곰팡이가 퍼지는 속도로
늘어지는
내 손목의 기타 줄

지이이잉 지이이잉

전파무기가 침투할까 봐
양말을 신고
손과 발을 비볐다

# 욥
—not by AI

나는 나에게 말을 걸 수 없다. 나는 나에게 말을 걸 수 없다. 나는 나에게 말을 건다. 나는 나에게 말을 걸 수 없다. 스스로 나는 말을 건다.

산은 산으로부터 말을 걸 수 없다. 산은 산으로부터 말을 걸 수 없다. 산은 산으로부터 말을 건다. 산은 산에게 말을 걸 수 없다. 산으로부터 산이 말을 건다.

나는 정상에 누웠다. 정상이 높아졌다. 나는 정상에 옷을 몽땅 벗고 누웠다. 내 위에 내가 눕는다. 내 위에 내가 옷을 벗고 눕는다. 산은 나에게 말을 건다. 산으로부터 누운 나는 나에게 말을 건다.

나는 너에게 말을 걸 수 없다. 우리는 지옥을 나눠 가질 수 없다. 그것은 너의 안에 있다. 나는 말을 걸 수 없다. 나는 나에게. 산으로부터. 그것은 너의 안에 있다. 하나의 진동이 퍼진다. 누구에게도 말을 걸 수 없다. 그것은 스스로.

# Flat white
—not by AI


　입안에 맴도는 말을 자루에 담는다. 화분으로 쓰면 좋겠군. 보라색 꽃다발. 창가에 꽃을 두고 채소를 볶는다. 너의 발음만으로 충분한 겨울이 있었지. 창밖으로 함박눈이 머뭇머뭇 내린다. 나의 자루에는 돌이 많다. 꿈틀거리는 것이 비둘기인지 고양이인지 알 수 없다. 팔리지 않는 것들을 소개합니다. 찻잔, 바람, 목소리, 잿빛 하늘, 오솔길이 펼쳐진다. 걸으면 양옆으로 솜털이 흔들린다. 햇살은 풀을 머금다가 너의 발등을 덮는다. 이제 나는 돌멩이와 나무. 소금과 무화과. 미래는 알 수 없는 아름다움. 우리 가게에 잘 오셨습니다. 브라우니가 당신을 기다리고 있었습니다.

# 디그니타스
―not by AI

　나를 껴안고 버스를 탄다. 성당에 내려 미사를 한다. 마지막 잠이 언제인지 기억나지 않는다. 비에 피곤이 섞여 다리가 무겁다. 나를 끌고 다니는 일은 기분이 별로 좋지 않다. 도시를 옮겨 본다. 십자가를 들고 장난치는 흑인 아이들이 해맑다. 이웃과 인사를 나누는데 눈빛이 매섭다. 내 안의 죽음이 이웃의 눈에 비친다. 성당에는 주일 간 누적된 고통이 하나의 찬송으로 흘러나온다. 나는 석간을 읽으며 강변을 내려다보고 있다. 배들은 목적지 없이 부유한다. 새들이 같은 자리를 돈다. 나는 적막한 날씨와 관광객 사이를 전전하는 먼지. 클래식과 모던이 섞인 거리를 부유한다. 나는 내가 혼자 거리로 나와 풀어져 있던 모습을 떠올려 본다. 사실주의 그림을 그려 놓고 초현실 그림을 파는 매대에 있다. 머리에 가득 찬 생각을 어찌지 못해 미술관에 간다. 사물 보관함에 코트를 벗다가 지갑처럼 죽음을 흘린다. 불안과 고독이 미술관 이 층 환풍기로 들어온다. 바람과 함께 잿빛이 썰린다. 꿈의 모퉁이에 서 있다. 나는 왜 아직도 나를 껴안고 있는 걸까. 나는 처음부터 없었던 것 같다. 피곤이 몰려온다. 방으로 돌아와 맥주 두 캔과 낮에 먹다 남은 빵을 먹는다. 밸브를 돌린다. 일인실의 나는 밤하늘에 걸려 있는 분침 같다. 허벅지로 유성이 떨어진다.

절망과 치부가 속도를 낸다.

## 모집과 도항

一

우리들, 굉장히 즐거워 보여요

그는 물방울 속에 뭐든 담을 수 있지요

무엇이든 할 수 있다는 건

연민과 공포를 잘 배합한다는 것

나는 물방울 속에 담긴 얼굴을 보며

알이나 별을 생각합니다

우리들, 얼마나 가벼워졌을까요

겨우 일어나

발버둥을 치면

왜 그에게는 미소가 번졌을까요

一

우리들, 분명 죄를 지었는데

왜 개운할까요

그는 육체가 없어서

아무것도 할 수 없지만

모든 것을 보네요

# 물류

베이비 박스를 나른다

발가락을 볼 수 있습니까?

정기적으로 물을 주고
시트도 갈아 주고

다음은 보통 뭘 하나요?

교육이나 망각
번식

그리고 세척
패킹

절대 이름을 부르지 말 것

나는 썩은 양배추처럼
바닥에 붙어
잔고를 확인한다

# 석유와 붓다

나는 이곳에서 죽지 않는다
다스림은 대량생산된다

나는 나의 구멍이
모두 막혀서
먹을 수도 없지만 뱉을 수도 없다

나는 등각류처럼
죽은 척하고 있다

침을 뱉다가
물을 통제할 수 없다는 걸 알았다

내 안의 순교자가
적고 있는 말이 무엇인지
모로코 소년은 알겠지

자신의 몸속에서
물이 속삭이는 소리를 듣는 자

나는 모닥불을 쬐며
마른 나무에서
타닥타닥 터지는
개미 떼를 본다

골반을 열고 기다린다

당신이 내 몸에서
교리 쓰는 것을 돕는다

@@@@
@@@@


서해에 가면
파도 곁에
누워 숨소리를 들어요

서로
속고 속여요

외계인
손가락 같은
눈알 같은

탕후루를 먹어요

모르는 사람에게 최면을 그만 걸어요

곧 아침이니
육체로 돌아오세요

▦ **Track 5: 색**

# 왜가리

왜가리는 수업 시간에만 나타난다

물빛이
식어 가는 동안

라이터로 부리를 지진다
눈에 빨간 매직을 칠한다

추출이 끝났다는 알람음이
들리고
분쇄기가 돈다

목이 길어진 것 같다
목이 얇아져
말이 잘 나오질 않는다

배를 갈라
지렁이를 꺼낸다

왜가리가

강물을 지우고 있다

# 낙지와 거머리

一

소주잔에 담긴 낙지 눈알은 묽어지고……

이등병처럼

나는 멍하게
멍하게
멍청하지만
더 멍청하게

먹물 뿜는 생물들

믹스커피 타 와
바로 위가 누구냐
걔 아직도 거기에 있냐
메일 못 받으셨어요?
아직도 출력이 안 되면 어떡해요
주차증은 어디서
저녁은 어디서

책을 옮기고
一

의자를 나르고
명찰을 만들면

나의 목구멍에서 꿈틀거리는 거머리

아 배울 게 없다
배울 게 없어

오월의 진지공사처럼 흙을 파고 메우고 파고 메우고……

나는 나의 늘어진 다리를
주머니에 구겨 넣고
생물의 끝자락에 대해 생각했다

연포탕 뚜껑처럼
들썩이는 심장

버스에 탑승해 주세요
서명해 주세요
쓰레기는 가져가 주세요

끔뻑이는 낙지……

시원하게
시원히
더 시원하게

자네 이름이 뭐라고 했지
관심 분야는 뭔가
나도 좀 했었지
다들 보고 있으니
더 열심히 해

그런데

너

우리 학교 아니지?

# 파종

내 머리에 꽃 피었는지?

소각장에서 말했지
어설피 때리지 말고 완전히 죽이라고
장난을 장난으로 끝내면
내가 죽을 거라고

너의 판단은 늘 현명했던 것 같아

친구야 난 그 시절에서
한 걸음도 나아가지 못했다
오히려 후퇴한 듯해

팬지에 검은자를 흘리고 간 것이
난 너라고 믿는다
마음이 약한 네가 마음이 더 약한 나에게
들려줬던 말들

계속 맞다 보면 주먹이
검은 원으로 보이는데

그럴 땐 더 움츠려서
점이나 씨앗이 되라고

가볍게
더욱 가볍게
치솟으라고

친구야 넌 똑똑하니까
답을 줄 수 있지?

저 쥐새끼 같은 눈알을 어디에 심어야 할지 말야

# 무색 무취 무해

─

난간에 매달리기
교복 찢기
변기에 실내화 넣기

너희에겐 눈에 보이는 아픔이 필요하다

발목을 묶어 놓지 않고
거위 목을 치면
피가 지도를 그린다

다음 쉬는 시간에는
매점을 열 번 찍고 와

너의 몫을 다 채우면
전학생에게 시키도록 할게

썩은 우유를 마신다

오줌처럼
미지근하다

─

\*

선생님 배 속에서
거위가 울어요

입속에 깃털이
가득해서
말이 나오지 않아요

# 밤의 운전자

一

눈이 오는데

Hey girls Hey boys

나 원래 이런 일 하는 사람 아니야

가라오케에서 나온 한 여자가 울고 있다

무릎에 얼굴을 파묻고 울고 있다

눈이 오는데

Hey girls Hey boys

Here we go

나는 커피자판기로 떨어지는 종이컵 소리에 놀란다

나의 속성은 쥐와 고양이 사이의 어딘가

一

편의점 앞에서 비틀거리던 남자가 애국가를 부르고 있다

형님 여기서 좀 쉬세요

그래도 열심히 했는데 팁 좀 주세요

눈이 오는데

Hey girls Hey boys

누군 이런 일이 좋은 줄 알아?

횟집 수족관의 물고기가 스스로 아가미를 닫는다

여자는 울다가 우동 한 그릇 먹고 다시 계단을 내려간다

나는 원래 어떤 일을 하던 사람일까

눈이 오는데
눈이 오는데

—

Here we go

아직도 어디로 넘어가야 할지 모르고

Hey girls Hey boys

집으로 돌아가 아이의 종이접기를 도와줘야지

—   *Hey girls Hey boys: The Chemical Brothers, 「Hey Boy Hey Girl」.

106

# 신과 미신

우리는 오두막에 앉아
아는 음식을 모두 말하며
이십 분 동안이나 행복했다

뱀이 그쪽으로 가고 있었는데

그냥 갈까
말을 해 주고 갈까

크리스마스에는
숫염소, 소, 비둘기 피를 모아
제사를 지내렴

네 심장도
쓸모가 있을 거란다

죽음은 인류의 먹거리입니다

우리는 과학보다 미신이 편리합니다

책임은 골목의 것
골목을 이루는 건물의 것
건물을 감싼 관청의 것
관청에 앉은 자는 책임을 묻는다

*여기서 그렇게 많이 죽었단 말이오?*

알 수 없는 책임이 골목을 떠돈다
골목을 빠져나가지 못한다
책임은 책임을 만나 슬픔을 미루다가

어항을 바다로 만든다
촛불을 태양으로 만든다
눈송이를 천왕성으로 만든다

*5.7m입니다*

*3.1m입니다*

사람 크기의 관이 골목으로 확장된다
골목이 골목을 밀어낸다

골목이 슬픔을 쌓아 올린다

슬픔은 증발하지 않는데
슬픔은 나눠도 무게가 같은데
슬픔을 아무리 쪼개도
우리의 심장에서 빠져나가지 않는다

책임이 없는 곳에서
사람이 죽고
사람이 없는 곳에서
사람을 죽이고
사람을 죽인 자는
사람을 불러

*여기서 그렇게 많이 죽었단 말이오?*

나는 함무라비법전을 생각한다
눈물을 흘리게 만든 자에게 바다를 준다
피를 쏟게 만든 자에게 태양을 준다
그리고 영안(靈安)

책임은 유령이 되어
가난한 자에게 몰려든다

*5.7m입니다.*
*3.1m입니다.*

죽은 사람 옆에
다음 사람
다음 사람 옆에
죽어 가는 사람 옆에서

매뉴얼만 만들고 있다

나는 골목에 누워
밤하늘을 본다

둥글다면
언젠가 등으로
흐를 별

목이 잘린 작업화를 신고

conveyor

고무처럼 그림자를 뒤집어 입고

conveyor

석탄, 비닐, 돼지

conveyor

목의 길이를 가늠하는 츄파츕스, 컵라면, 삼각김밥, 칼로리
발란스……

conveyor


conveyor

# 나의 프로그레시브

아픈 것은 앞에서 날아와
뒷자리를 좋아했습니다
입이 닫혀 있던 것이 문제일까요
냄새와 속도
보이지 않으면
무시해도 괜찮을까요
선생과 깡패
모두 앞에서 옵니다
책상을 이리저리 옮겨도
교실을 나가도
미래마저
앞에서 오고
미래는 앞에서 오는 것이 아니라
다녀오는 것이었네요
학교처럼
매일 밤 옥상에 올라
다가오는 물체를 바라봤어요
사람이었을까요
사랑은
지구가 멈출 때

가장 먼저 뽑혀 나가는 나무
오늘의 최선은
그물 파는 상점에 가서
길고양이를 보고 오는 일입니다
나는 앞에서 오는 것들을
믿지 않습니다

# 미분과 달리기

바람의 얼굴을
열고
고개를 내밀어 봅니다

염소가 발굽을 긁고 있네요

지푸라기를 보다가
콧김이 느껴져
뺨을 긁었습니다

트랙을 달리다 보면
앞니가 시리고
오른쪽 무릎이 절룩입니다

신발 끈이 풀리면 기분이 좋습니다
바닥을 자세히 볼 수 있으니까요

금이 간 곳을 한참
들여다보면

개미는 보이지 않고
누군가 술에 취해
골목을 헤매고 있습니다

날벌레를 머금은
가로등
내 허벅지로 퍼지고

뒤를 보지 않고 달리면
지붕 옆으로 무지개가 놓입니다

나는 지금 트랙을 비집고
자라는 풀

내가 흔들리면
염소가 다가옵니다

염소는 트랙에서
들판을 보고
들판은 별을 복사합니다

—

개구리는 별과 별이
부딪치는 소리를 냅니다

누군가의 한쪽이 기울어 갈 때

나의 얼굴을 열고
움직이는
염소가 있습니다

이제 운동화 끈을 신경 쓰지 않아도 됩니다

나는 발굽에
풀이 낀 채로
또각또각 뛰어다니는
바람입니다

—

■ Track 6: 육체

# 집락(集落)

이름 모를 생물들이
굴리는 주사위

⊡

⊡

⊡

⊡

⊡

⊡

한 번 더
도전해 보시겠습니까

내가 육체에 들어가는 동안
소음이 좀 날 수도 있으니
공사를 했으면 좋겠고
음악이 있으면
더 좋겠고

죽여 놓고 살아 보니 어때?

—

ABC 모델
모두 제거해도
꽃이 늦으면 어때
잎으로 꽃을 피우면 되지

살이 없으면
뼈를 두드리면 되지
텅스텐처럼

㎜로 분절되는 당신께
교양 없이 소리를 내는 것들에게

입체적으로
쌓이는 밤의 고독
나를 열어 놓고
갈증을 기다리는 눈보라에게

새로운 접시를 드리겠습니다

—

▨

우린 꿈속도 그리 넓지 않고

눈 오는 날은
토끼탕이죠

not by AI
not by @@@@

읽어 주셔서 감사합니다

이상

표본실에서 돌연변이를 기다리는
염상섭 아니

염색체였습니다

# 식육점에서

꽃을 보면 식도가 타오른다. 소년은 철을 갈고 찬밥 먹고 어머니께 돈 부치고 기차역, 포구, 공장, 물보라, 연꽃, 백악관, 봄봄 전전하거나 탕진하였다. 절단기가 도는 동안 고기는 식어 가는 것일까 부활하는 것일까. 비린내가 풍기는 곳엔 돈이 돌고 돈이 오가는 곳엔 새끼가 있다. 피는 흘러 흘러 다음 육체를 찾아갈 것이다. 피는 피를 만나 꽃을 피울 것이다. 번식을 할 것이다. 식물의 입장에서 나는 안쪽부터 썩는 잎맥이다. 푸른 구멍을 가진 뼈다귀다. 나는 전생을 걸어 겨우 해가 지는 방향을 아는 돌멩이다. 나는 거울 속에 걸린 소년을 바라본다. 갓 지은 흰 쌀밥에 뭇국을 딱 한 그릇만 먹고 갔으면 한다. 졸린다. 자꾸만 졸린다. 살아야지. 이렇게 살려고 꽃을 꺾은 건 아닌데. 입안으로 가득 찬 흙이 무겁다. 천장에 걸어 둔 갈빗대로 햇살이 예리하게 놓인다. 나는 나의 절반을 툭 잘라 당신에게 준다.

# 달리기, 비극적

양순모(문학평론가)

## 0. "나는 그대와 이렇게 아름다운 소리로 언제까지든 대화를 나누리라!"

한 오래된 변신 이야기에서부터 시작해 보자.

이야기 하나. 요정들을 향한 애호로 악명 높은 목양신 판(Pan), 그는 나무의 요정들 가운데 가장 유명하다는 시링크스(Syrinx)를 마주친 후 사랑에 빠지고 만다. 시링크스에게 구애하는 판. 그러나 시링크스는 순결의 여신 아르테미스를 따르는 요정으로, 그녀는 판의 구애를 거절하고 그를 피해 달아난다. 이에 판은 포기하지 않고 시링크스를 뒤쫓아 그녀를 붙잡고야 마는데, 그런데 정작 그가 품에 안은 것은 늪지대의 갈대. 막다른 길에서 시링크스는 강물 속 언니들의 도움을 받아 갈대로 변신한 것이다. 절망한 판은 한숨을 내쉰다. 그리고 그의 한숨 입김이 갈대를 스치며 "탄식하는 소리와도 같은 가느다란 소리"를 낸다. 판은 외친다. "나는 그대와 이렇게 아름다운 소리로 언제까지든 대화를 나누리라!"

목양신 판이 들고 다니는 갈대 피리 시링크스-팬플루트 (Pan Flute)의 기원을 설명하는 위 이야기는 일방적인 신의 의지에 의해 불가피하게 변신(當)한 요정 이야기로, 그렇기에 우리는 변신 이후에 거듭 이어질 저 "아름다운 소리"가 어떤 아름다움인지 어렵잖게 추측할 수 있다. 특히나 판의 저 마지막 외침을 듣고 있자면, 깊은 절망으로부터 나오는 시링크스의 탄식 소리가 여기 우리의 귓가에까지 울리는 듯하다. 이야기는 여기서 멈추지 않는다. 흥미롭게도 위 이야기는 또 다른 변신 이야기 속의 삽화로, 이야기는 변신을 매개로 거듭 이야기를, 탄식의 노래를 이어 간다.

이야기 둘. 판의 악명을 뛰어넘는 제우스의 탐욕에 의해 아름다운 요정 이오는 암소로 변신당한다. 게다가 그녀는 헤라의 명에 의해 잠들지 않는 괴물 아르고스로부터 감시까지 받고 있는 상황. 전령 헤르메스는 제우스의 명에 따라 이오를 구출해야만 하는데, 그때 그가 꺼내 든 것이 바로 갈대 피리 시링크스. 시링크스의 감미로운 소리에 매혹된 아르고스는 그에게 말을 건넨다. "이봐요, 그대가 누구든 여기 이 바위에 나와 나란히 앉아도 좋아요."

아르고스는 헤르메스로부터 시링크스의 기원을 듣다 잠에 빠져 버리고, 헤르메스는 아르고스의 목을 벤다. 그러나 아직 헤라의 분노는 풀리지 않았다. 헤라는 이오의 "눈과 마음 앞에 공포를 안겨 주는 복수의 여신을 세우고, 가슴속에는 광기의 가시 막대기를 심어 온 세상을 도망 다니게" 한다. 그렇게 온 세상을 도망 다니던 이오, 그녀는 나일강 강가에 이르러 지쳐 쓰러지며 "한숨과 눈물과 슬픈 음매 소리"를 울부짖는다. 그런데 그 소리가 얼마나 영롱하게 처량했던지 이오의 울음소리를 들은 제우스는 마음을 다잡는다. 제우스는 "강의 늪을 증인" 삼아 헤라를 설득하고, 마침내 요정 이오는 그 본모습을 회복한다. 그녀는 조심스레 입을 뗀다. "오랫동안 쓰지 않던 말을 한마디씩 시험 삼아" 해 본다.[1]

오래된 변신 이야기들 속에서 우리는 각각 갈대와 암소로 변신한 요정들이 내는 소리를 간접적으로나마 듣는다. 판과 아르고스가 들었을 "탄식하는 소리와도 같은 가느다란" 갈대 피리 소리를, 그리고 제우스가 들었을 "한숨과 눈물"이 섞인 "슬픈 음매 소리"를 말이다. 그러나 안타깝게도 신들의 마음을 움직인 저 요정의 노래들을 우리는 들을 수 없을 것이다. 세이렌의 노래처럼, 혹은 패닉(panic)의 어원처럼, 시링크스를 연주하며 나타나는 목양신 판을 마주한 이상 우리는 패닉을 피할 수 없을 것이다. "사랑하는 사람의 눈동자"에서 "셀로판지 구겨지는 소리"조차 들을 수 없는 우리로서는 더더욱 그러할 것이다(『일용직 토끼』).

다만 우리는 저 매혹적인 노래들 끝에 조심스레 울리는 '말' 소리만큼은 들어볼 수 있을 것이다. 눈치 빠른 독자는 알아차렸겠지만, 강 늪에서 시작해 역시 늪으로 끝나는 이야기의 구조 속에서 우리는 시링크스의 탄식이 두 번의 변

1 오비디우스, 『변신 이야기』, 천병희 역, 숲, 2017, 55-64쪽.

신을 거쳐 궁극적으로 어떤 '말'로 귀결된 것을 확인한다. 시링크스의 탄식은 갈대 피리 소리와 암소의 울음소리를 거쳐, 이야기의 마지막 이오가 조심스레 내뱉는 '말'로서 그 끝을 맺은 것이다. 요컨대 시링크스의 탄식은 저 변신 이야기들과 더불어 결국 이오의 '말'로서 해방된 셈. 그렇다면 이오의 저 '말'은 그저 "오랫동안 쓰지 않던 말"의 회복일 수 없게 된다. 그녀의 '말'은 그간의 탄식과 울음 모두를 내력으로 간직한, 인간의 '말'이되 '말'로 '변신'한 노래, 보다 정확히 말하자면 '전신(轉身)'한 요정의 노래가 아닐 수 없다.

여기 "언어를 다루는 자들은 영원히 회귀한다"[2]고 믿는 시인이 있다. 그는 "불행한 미래를 보고서도 최초의 선택을 번복하지 않"는 선배 시인들과 더불어, 불행한 과거를 보고서도 자신의 선택을 결코 번복하지 않는다. 그렇다. 그는 요정의 탄식과 울음이 전신한 '말'을 기어이 반복하는 시인. 그렇기에 우리는 그가 조심스럽게 내뱉는 '말'들이 모여 '시'가 되는 현장을 목격하며, 어느덧 다음과 같이 말하지 않을 수 없게 되는 것 같다. "이봐요, 그대가 누구든 여기 이 바위에 나와 나란히 앉아도 좋아요", "나는 그대와 이렇게 아름다운 소리로 언제까지든 대화를 나누리라!"

### 1. 전신과 제의

시인의 '전신(轉身)' 작업은 첫 시집에서부터 발견된다. 시

---

2 정우신, 「에세이: 관류실험」, 『홍콩정원』, 현대문학, 2021, 106쪽.

집의 해설은 "생물학적인 전신"과 "시적 전신"을 정확히 짚어 내며 시인의 시 세계가 "심중에 가득한" 우울과 더불어 개진되는 전신의 시 세계임을 규명한 바 있다. '우울' 그리고 '전신', 그것들은 "새로운 환경 세계"를 "절실히 요청"하며, 독자로 하여금 그 이전의 세계로 되돌아갈 수 없는 "매혹"을 보여 주었다.[3] 이후 시인의 작업은 전신의 역량을 보다 확대해 생물학적 범주를 넘어 반(半)인간, 죽은 자의 영역으로 확장하는데, 시인의 우울은 리플리컨트로, 나아가 그것이 '선생'으로 모시는 한국문학사의 주요 시인들로 전신의 대상을 확장하며, 일찍이 시인은 "사랑을 잃더라도" 시 쓰기를 멈추지 않는, 결코 "정주하지 않"는 "리플리컨트-시인"[4]이라는 마땅한 호명을 얻기도 하였다.

요컨대 시인은 우울과 더불어 거듭해 전신하는 시인 혹은 전신과 더불어 거듭해 우울해하는 시인. 까닭에 그의 시집을 읽고 단번에 시링크스와 이오의 이야기가 떠오르는 건 자연스러운 일일 것이다. 예컨대 "지구가 멈출 때/가장 먼저 뽑혀 나가는 나무"가 시인의 "사랑"이라 한다면(「나의 프로그레시브」), 뽑혀 나간 시인의 사랑은 이내 곧 '검은 태양'(줄리아 크리스테바)을 새로운 천체 삼아 멈춘 지구를 다시금 회전시킬 것이며, 그렇게 그 지구가 여전히 "둥글다면/언젠가 등으로/흐를 별"들은 그의 새로운 "밤하늘"에 다시금 놓일 것이다(「▭▭▭▭▭▭▭▭▭▭」—2022년 10월 29일」). 그렇게 시

3 조강석, 「세계라는 기관과 생물(학)적 우울」, 정우신, 『비금속 소년』, 파란, 2018, 131-141쪽.
4 장석원, 「리플리컨트, 사랑을 발견하다」, 『현대문학』, 2020.5, 308쪽.

인, 뽑혀 나간 사랑이 재탄생시킨 저 밤하늘 아래에서 거듭, 전신을 이어 갈 것이다.

다만 시인이 저 오래된 전신 이야기를 오늘날 충분하게 '반복'하고 있다고 말할 수 있으려면, 신화 이야기에 숨어 있는 '사랑'에 대해 역시 이야기해야 하리라. 한탄과 울음이 거듭 이어질 수밖에 없게끔 한 그 원인으로서 신들의 사랑에 대해서 말이다. 비록 저 사랑은 폭력과 뒤섞인 부당한 무엇이 아닐 수 없지만, 그럼에도 그것은 우리네 사랑에도 역시 엄연히 존재하는 사랑, "파괴적인 힘"[5]으로서 사랑이 아닐 수 없기 때문이다.

그래서일까. 시인은 마치 시링크스의 전신이 아직 해소되지 않은 것처럼 오래된 이야기를 반복하는 것만 같다. 시인의 '말-노래'는 오래된 이야기가 들려주는 고통과 폭력으로부터 해방되기 위한 반복이 아니라, 거듭 그것들로 회귀하기 위한 반복인 것만 같다. 늪에 빠진 느낌. 까닭에 폭력과 고통에 예민한 독자들은 당혹감을 감추기 어려울지도 모르겠다. 시인의 '말-노래'는 저 사랑과 우울의 고통, 폭력으로부터 과연 해소될 수 있는 것인지, 혹 시인의 전신은 능동적 행위라기보다 저주로부터 풀려나올 수 없는 어떤 불능의 상태를 나타내는 무엇은 아닌지 의심이 피어오른다. 요컨대 시인은 왜, 거듭 저 우울과 사랑의 전신을 반복(當)하는 것인가. 표제작에서부터 시작해 보자.

5 주디스 버틀러, 『비폭력의 힘: 윤리학-정치학 잇기』, 김정아 역, 문학동네, 2021, 227쪽.

나는 지금 트랙을 비집고
자라는 풀

내가 흔들리면
염소가 다가옵니다

염소는 트랙에서
들판을 보고
들판은 별을 복사합니다

개구리는 별과 별이
부딪치는 소리를 냅니다

누군가의 한쪽이 기울어 갈 때

나의 얼굴을 열고
움직이는
염소가 있습니다

이제 운동화 끈을 신경 쓰지 않아도 됩니다

나는 발굽에
풀이 낀 채로
또각또각 뛰어다니는

바람입니다

　　　　　　　　　　　　—「미분과 달리기」 부분

　'나'는 전신한다. 길지 않은 한 편의 시 안에서 '나'는 트랙을 달리다가, "트랙을 비집고/자라는 풀"이 되기도 하고, "발굽에/풀이 낀 채로/또각또각 뛰어다니는" 염소와 같은 바람이 되기도 한다. "트랙에서/들판을 보고/들판은 별을 복사"하는 이 아련하고도 평화로운 시공간에서 화자는 자유로이 전신하며 트랙 위에서의 달리기를 이어 간다.

　그렇기에 "누군가의 한쪽이 기울어 갈 때//나의 얼굴을 열고/움직이는/염소가 있습니다"는 진술과 그것이 상연하는 이미지는 조금 불길한 것이 아닐 수 없다. 누군가의 기울어짐과 넘어짐, 그리고 등장하는 염소. 『미분과 달리기』에서 여러 차례 등장하는 양과 더불어 염소는 제의의 대표적 제물로, 시집 첫 시에서부터 "여러 마리가 한 마리를 뜯어먹는 소리"가 상연된다면(「기면」), 나아가 "크리스마스에는/숫염소, 소, 비둘기 피를 모아/제사" 지내는 일이 시니컬하게 권해진 걸 상기한다면(「신과 미신」), 염소처럼 "또각또각 뛰어다니는/바람"이라는 이미지가 무엇인지, 우리는 조심스레, 그리고 씁쓸하게 어떤 예감을 하지 않을 수 없다.

　돌이켜보면 시인의 첫 시집에서부터 원초적인 제의와 희생들은 분명 존재하고 있었다. 첫 시집 『비금속 소년』(파란, 2018) 〈0부〉에 배치된 시 제목들이 「주술」, 「구전」, 「복수」, 「분신」, 「악령」, 「토템」이었음을 생각하면, 또한 김수영과

전봉건 이후 시인을 상징하는 대표적 동물이자 일종의 '토템'으로서 '토끼'가 여러 차례 등장(「Confusion matrix」, 「일용직 토끼」, 「집락」)하지만 결국 "토끼탕"으로의 그 운명을 반복하고 있었다면, 우리는 역시 조심스레, 시인의 반복되는 전신 작업이 폭력적인 제의와 희생이라는 단어 근처를 맴돌며 진행되던 무엇이 아닌지 추측해 볼 수 있을 것이다.

이로써 우리는 아직 앞서의 질문들을 해소하지 못한 채 질문들을 새로이 이어 가야 할 것 같다. 시인의 사랑과 우울 그리고 전신의 반복이 만들어 내는 풍경이 요컨대 희생 제의를 가리킨다고 한다면, 그런 원초적인 제의와 폭력은 대관절 오늘날 무슨 의미가 있는 것인가. 만약 의미가 있다고 한다면, 그러한 제의의 반복에 사랑과 우울 그리고 전신은 무엇을 의미하는 것일까. 게다가 '미분'이라니. 그러니 다시, 시인은 왜 거듭 저 우울과 사랑의 전신을 반복(당)하는 것일까. 그것도 희생 제의라고 하는 오래된 제의와 더불어서 말이다.

## 2. 미분과 달리기

『미분과 달리기』의 구성과 관련해 흥미로운 지점이 있다면, 1부에 해당할 〈▦ Track 1: 입체〉에서부터 마지막 부 〈▦ Track 6: 육체〉에 이르기까지 시집의 구성이 미분보다 적분에 가까워 보인다는 점이다. 잘라 나눈 것을 다시 더하는 적분의 과정은 '입체'가 〈▦ Track 2: 점〉으로 나뉘어 '선', '면', '색'을 거쳐 '육체'로 도달하는 과정 전반에 작동

하고 있는 듯하다. 이를테면 해체 이후의 재구성, 입체로부터의 육체로의 재탄생.

그렇기에 아주 잘게 나누는 작용으로서 미분은 구성되어 가는 시집에 전제된 것으로서 존재한다고 얘기해 볼 수 있을 것이다. 특히나 시인은 「시인의 말」에서 "나의 행간에는/이름 모를 생물들이 살고 있다"고 말하며 행과 행간의 '덧셈'들이 만들어 내는 작품들 사이, 그곳에 존재하는 무엇을 가시화했던바, 그렇기에 독자는 구성되어 가는 행들, 구성되어 가는 시집 사이사이에서 미분 작용을 수행하는 무언가의 존재를 암시받는다.

그런데 다른 한편으로, 미분학(學)이란 무엇보다도 '움직이는' 대상을 포착하기 위한 '방법'인즉, 대상의 순간적인 움직임을 기술하는 방법으로서 미분은 이처럼 드러나지 않은 형태에서 미분 작용, 분절 작용을 수행하는 그 무엇을 포착하는 방법이 되기도 할 것이다. 미분 작용은 이 시집에 전제된 무엇의 활동이자 동시에 그것을 포착하는 방법인 셈으로, 미분은 '입체'에서 다시금 '육체'로 재탄생하는 과정의 '조건'이자 동시에 그 '방법론'이 되는 것이다.

그렇다면 표제작 「미분과 달리기」로 다시 돌아가, 거듭되는 전신과 더불어 트랙 위에서의 '달리기'를 수행하는 '나' 역시 위와 같은 '조건'이자 '방법'으로서 존재한다고 가정해 볼 수 있을까. 새로운 육체로의 재탄생을 꿈꾸는 '나'는 자연스레 미분의 운동을 포착해 내고 기술해 내는 '주어'임과 동시에, 그러한 기술의 '대상'이자 '조건'으로서

'나', 즉 끝없이 잘게 나누어 부수는 그런 미분 운동을 수행하는 '나'라고 말이다. 행간에 존재하는 "이름 모를 생물들"과 더불어 출발해 "읽어 주셔서 감사합니다//이상//표본실에서 돌연변이를 기다리는/염상섭 아니//염색체였습니다"로 끝맺는(「집락」) 시집의 목소리는 대상(조건)이자 주어(방법)로서의 '나'의 모습과 상통해 보인다.

문명이 에로스에 봉사하는 과정이며, 에로스의 목적은 개인을 결합시키고, 그다음에는 가족을 결합시키고, 그다음에는 종족과 민족과 국가를 결합시켜, 결국 하나의 커다란 단위 ―즉 인류―로 만드는 것이라는 생각을 덧붙일 수 있다. (중략) 그러나 인간이 타고난 공격 본능―만인에 대한 개인의 적개심과 개인에 대한 만인의 적개심―은 문명의 이 계획을 반대한다. (중략) 문명은 인류를 무대로 에로스와 죽음, 삶의 본능과 파괴 본능 사이의 투쟁이라는 형태를 띠고 있는 게 분명하다. 이 투쟁은 모든 생명의 본질적인 요소이며, 따라서 문명 발달은 인류의 생존을 위한 투쟁이라고 요약할 수 있다.[6]

토템 향연에서 아버지의 대용물이 되는 토템 동물의 일부를 먹는 것은 아버지와 같은 존재가 되고 싶다는 소망의 표현이었다. [그러나] 어떤 형제들도 아버지의 절대적인 권력을 장악하지 못[한다.] (중략) 이로부터 오랜 세월이 흐르면 형제

---

6 지그문트 프로이트, 「문명 속의 불만」, 『문명 속의 불만』, 김석희 역, 열린책들, 2003, 301-302쪽.

들로 하여금 아버지를 살해하지 않을 수 없게 했던 아버지에 대한 분노는 누그러지고, 오히려 아버지에 대한 동경이 증폭된다. (중략) 계속적인 종교의 발전 과정에서도 아들의 죄의식과 아들의 반항이라는 이 두 요소는 결코 소멸되지 않았다고 가정해 보자. 이 종교 문제를 해결하려는 어떠한 시도, 즉 이 대립하는 두 요소를 화해시키려는 시도도 성공을 거두지 못하였는데, 이것은 역사적 사건이나 문화의 변천이나 내적인 심리 변화 등의 종합적 영향 하에 있었기 때문이다.[7]

시집의 제목을 구성하는 '미분'과 '달리기' 모두 '나'와 긴밀히 연결된다고 한다면, 이에 기반해 우리는 앞서의 질문들에 어떤 대답을 마련해 볼 수 있을 것 같다. 이를 위해 우리 시인의 작업에 프로이트의 텍스트를 겹쳐 읽어 보자. '에로스와 죽음 본능' 그 사이의 '투쟁'과 '아들의 죄의식'과 '반항' 그 사이의 '대립'을, '나를 재탄생시키고자 하는 의지'와 '나를 잘게 나누고자 하는 의지' 사이의 관계에 겹쳐 읽어 보자. '내'가 조금 어색하다면 이를 '우리'로 혹은 '인간'이나 '인류'로 바꾸어 겹쳐 읽어 보자.

이와 같은 겹쳐 읽기는 그 자의성에도 불구하고 『미분과 달리기』에 접근할 수 있는 유의미한 통로 하나를 제공해 줄 수 있을 것으로, 결합 본능과 파괴 본능 사이의 투쟁 그리고 아들의 죄의식과 반항 사이의 대립 모두는 영원히 해

---

7 지그문트 프로이트, 「토템과 터부」, 『종교의 기원』, 이윤기 역, 열린책들, 2020, 236-237쪽.

소되지 않는 불화이며, 특히 이들의 불화는 "그 자체의 절정기에 가서 집단 살해(희생양)라는 중재에 의해서 전도되는 똑같은 폭력의 작용"[8]이라는 결말을 반복하기 때문이다. 에로스와 공격 본능, 그리고 인간의 죄의식과 저항(신이 되고자 하는 욕망) 사이의 갈등은 '문명'과 '종교' 단위에서 결코 해소될 수 없는 불화로서, 이 갈등은 그 끝에 이르러 "사회의 파멸을 야기시킬지도 모르는 전반적인 싸움을 막는다는 절실한 필연성"[9]의 고안물로서 '희생양' 제의를 반복한다.

그렇기에 우리는, 시인의 우울과 사랑을 그리고 미분 과정에서 잘게 나누는 '나'와 그것을 포착해 내는 '나'를 저 해소되지 않는 본능적 대립들과 겹쳐 읽으며, 앞서 좀처럼 대답하기 어려웠던 질문들에 어떤 이야기들을 놓아 볼 수 있게 된다. 무엇보다도 오래된 신화들에서부터 "동물로[의] 전신(轉身)"은 정확히 저 아버지를 죽이고자 하는 욕망과 아버지를 요청하는 욕망, 즉 저항과 죄의식 사이에서 탄생한 고안물[10]이었음을 고려한다면, 우리는 고통스러운 우울과 사랑의 수렁에 점점 더 빠져듦에도 불구하고 끝없는 전신을 수행하는 시인을, '잘게 나누는 나'와 이를 '재결합시키고자 하는 나' 사이에서 수행되는 끝없는 전신-달리기를, 조금 이해할 수 있게 될 것 같다.

트랙 안쪽으로는 희생 제단이 놓여 있고, 그 둘레에 펼쳐

---

8 르네 지라르, 「〈토템과 터부〉 그리고 근친상간의 금기」, 『폭력과 성스러움』, 김진식 · 박무호 역, 민음사, 1993, 295쪽.
9 르네 지라르, 「〈토템과 터부〉 그리고 근친상간의 금기」, 318쪽.
10 지그문트 프로이트, 「토템과 터부」, 237쪽.

진 트랙 위를 시인은 거듭 전신하며 달린다. 시인은 희생 제의와 더불어 우울과 사랑의 전신을 반복한다. "모닥불 주변으로 모여드는 사람들.//죽은 토끼의 소리가 들려오는 겨울"(「일용직 토끼」). 관중석의 우리는 무엇을 보고 있는 것일까. 무엇을 볼 수 있으며 무엇을 보아야 하는 것일까.

### 3. 희생양과 시인

사실 주변을 조금만 둘러보아도 희생 제의는 우리네 일상에 만연한 무엇이 아닐 수 없다. "눈에 보이는 아픔이 필요"한 이들에 의해 자행되는 "난간에 매달리기/교복 찢기/변기에 실내화 넣기"(「무색 무취 무해」), 그리고 이를 피하기 위해 "어설피 때리지 말고 완전히 죽이라고/장난을 장난으로 끝내면/내가 죽을 거라고" 식의 조언들(「파종」). 사실 이러한 폭력적 제의는 거의 모든 집단에서 발생하는 무엇으로, 가족의 평화를 위해 집안의 '골칫덩어리(Black sheep)'는 거듭 그 '역할'을 수행해야 하고(「Black sheep」), 국가의 "책임은 유령이 되어/가난한 자에게 몰려든다"(「▭▭▭▭▭▭▭▭▭ —2022년 10월 29일」). 그러니 "죽음은 인류의 먹거리". '인류'라는 것이 가능하기 위해선 우리는 거듭 잡아먹어야 한다. "크리스마스에는/숫염소, 소, 비둘기 피를 모아/제사를 지내"야 한다(「신과 미신」).

부당하다. 그렇지만 앞서 지라르의 지적처럼 "사회의 파멸을 야기시킬지도 모르는 전반적인 싸움을 막는다는 절실한 필연성"으로서 희생 제의가 불가피하다고 가정한다면, 저 '희생양'의 자리와 희생양을 둘러싼 폭력 역시 불가피하다고 동의해야만 한다. 누군가는 희생양으로 선택되어야 하고, 희생양을 대상으로 우리네 폭력은 발현되어야만 한다. 안타깝지만 그러한 제도적 폭력만이 우리의 공격 본능을 최소한의 폭력으로 통제하며 공동체의 '금기'와 '질서'를 바로 세울 수 있다.

그러나 윤리적인 차원에서 개진되는 외재적 비판을 넘어 내재적인 차원에서 얘기해 보자면, 지금과 같은 희생양 제의야말로 명백하게 부당하다고 얘기해 볼 수 있을 것이다. 공동체의 '약자'가 희생양이 되는 이러한 희생 제의로는 금기와 질서를 바로 세우고자 하는 제도의 목표를 충분히 달성할 수 없는 까닭에서다. 금기와 질서 또한 갱신되고 다시 태어나야만 공동체 내 들끓는 '공격 본능'은 충분히 해소되어 거듭 에로스의 '문명'으로 거듭날 수 있는바, 현재의 금기와 질서의 약자가 아닌 요컨대 현재를 가능케 하는 질서, 그것을 상징하는 무엇이 희생되어야 한다. 약자가 아니라 이를테면 '왕'이 희생되어야 한다.

수요일은 도축이 있는 날입니다. 도축장으로 끌려가는 돼지 소리도 좋고 칼 가는 소리도 좋은데 벨 소리는 아직도 좀 거슬려요. 나를 찾을 사람이 없는데 누가 나를 찾는 거 같아서 기분이 별로입니다.

13호 도축장을 제일 좋아합니다. 주말이 지나면 생선 비린

내가 같이 풍기거든요. 돼지 배를 가르면 어느 날은 생선이
파닥파닥 쏟아졌으면 하는 상상을 합니다.

처음이 어렵지, 다음부턴 손에 익은 대로 하면 되는 거 다
아시잖아요. 그날은 제가 좀 연약했어요. 미리 준비했다면 재
미를 더 봤을 텐데. 생물 기관(器官)만 몇 번을 그려 보다가 잠
이 들었어요. 코부터 자를지 왼쪽 귀부터 자를지. 불에 넣을
지 물에 넣을지. 고양이가 좀 더 분명하게 해 달라고 문을 두
드렸다니까요.

저는 영혼이 날아가는 것 같아서 아랫배를 눌러 줬어요. 웃
고 있으면 맑은 피가 도는지도 궁금했고요. 선생님, 선생님
집에 보낸 아이스박스를 열어 보셨나요.

—「식용」전문

받아 본 저 아이스박스에 들어 있는 것이 돼지의 것이 아
니라, 화자 신체의 일부일 것 같은 느낌은 왜일까. "처음
이 어렵지, 다음부턴 손에 익은 대로 하면 되는" 작업의 대
상이, "영혼이 날아가는 것 같아서 아랫배를 눌러" 준 대상
이 자꾸 '나'인 것 같은 느낌은 무엇일까. 광기 어린 「식용」
의 목소리 탓이기도 하겠지만, 〈▦ Track 1: 입체〉이후 본
격적으로 시작되는 〈▦ Track 2: 점〉의 이미지들이 다음의
시구들과 더불어 전개된다면—"절단된 머리가/다시 붙을
까 봐/프레스기에 넣어 버렸다"(「끈」), "그렇게 심하게 저항

하는 생물은 처음이다"(「오늘은 실수가 잦다」), "생명은 재미있지
요"(「인간붙이」), "내가 자꾸 뭔가를 쓰니까//손목을 절단하잖
아"(「네 가지 복제약과 몽키 시티」), "나는 또 죽는다"(「부모와 세포」)—그
렇다면 우리는 저 '작업'의 주체와 대상 모두가 동일한 '나'
라고 얘기해 볼 수 있을 것이다. 그렇다. 저 희생 제의의
대상이자 주체 모두 '나', 바로 '시인'이 자리하는 것이다.

아지랑이가 귀를 쫑긋 세우곤 태양이 흔들리는 소리를 듣
고 있었다.

그을린 털을 보여 주거나 검은 발바닥을 보여 줘도 그들은
이해하지 못했다.

때때로 발생하는 산불이 나의 바뀐 눈동자에서 시작된다는
걸 왜 모를까.

(중략)

섞어찌개 먹으며 토끼털 떠다니는 소주 마신다.

질문을 던지는 것이 가장 중요합니다. 간단합니다.

쉬운 일이 어디 있겠습니까?

139

I would prefer not to

하지만 그게 편해요.

(중략)

여러분, 흰빛을 본 적 있나요?

내가 보이지 않는 곳까지. 이끌려 간 적 있나요.

그 흰빛에 누워. 겨울 동안 내리는 눈발을 바라보면서.

　사랑하는 사람의 눈빛과 부딪혀 녹아내리는 것들을 오랫동
안 지켜보면서.

　모닥불 주변으로 모여드는 사람들.

　죽은 토끼의 소리가 들려오는 겨울이 있습니다.
　　　　　　　　　　　　　　　　　—「일용직 토끼」 부분


　"올겨울은 눈이 적어서 토끼가 은거할 곳이 없겠네/저기
저 하아얀 것이 무엇입니까/불이다 산화(山火)다"로 끝맺는
김수영의 「토끼」(1949)에서 다시 출발하는 듯한 위 시편에서
독자는 "하지만 그게 편해요"라며 "I would prefer not to"

140

의 삶을 실천하고 있는 '나'를 발견한다. 필경사 바틀비식의 태도를 살아 내고 있는 '나', 그런 '나'와 더불어 독자는 "때때로 발생하는 산불"이 바로 '나', 토끼의 "바뀐 눈동자에서 시작된다는" 사실 또한 비로소 납득할 수 있을 것이다. 그리고 독자는 이내 곧 저 산불과 같은 '나-토끼'가 "죽은 토끼"로, "토끼탕"(「Confusion matrix」, 「집락」)으로 끓여지는 것을 목격한다. "내가 보이지 않는 곳까지. 이끌려" 가며 스스로를 죽음으로, 제물로 내모는 '나'의 모습을 발견한다.

돌이켜보면 오늘날 우리의 주요한 주체성으로서 일찍이 자리 잡은 '자기 계발의 주체성'이란, 그 대표적 모델로서 예술가 형상[11]이 그 중심에 있어 왔고, 스티브 잡스 이래 견고해진 이 심미화된 새로운 주체성은 과도한 자기 착취와 경쟁을 정당화하며 저마다의 '나'와 '우리'를 구성해 왔다. 그러나 어느덧, 역설적으로 예술가들이 그들의 노동자성을 주장하는 오늘날, 그러니까 우리의 믿음과 희망이 좌절되었다는 사실이 보다 분명해진 오늘날, "자연으로부터 성공적인 사냥과 풍작에 대한 희망이 배신당했다고 여기는 순간, 이 책임을 왕에게 돌려 왕좌에서 내쫓거나 죽이거나"[12] 하는 희생 제의는 그렇기에 충분히 가능할 것 같다.

소위 '문화의 왕', '예술의 왕' 시인을 희생양으로 바치는 일, 그것은 "All in all it's just another brick in the wall//All in all you're just another brick in the wall"인

---

11 서동진, 『자유의 의지, 자기 계발의 의지』, 돌베개, 2009.
12 지그문트 프로이트, 「토템과 터부」, 101쪽.

세상에(「Confusion matrix」) "I would prefer not to"를 최대치로 실천하고자 하는 이들을 제물 삼는 일, 이로써 우리는 "제물의 음복을 통해 이 신과의 동일화를 성취하는 것"[13]은 물론이고, 새로운 '죄의식'과 더불어 새로운 문화를, 새로운 '나'를 꾸려 나갈 수 있을 것 같다. 어쩌면 저 각각의 '벽돌'들은 위와 같은 제의와 더불어 '벽'을 구성한다는 것의 '의미'를 갱신하며 조금 기쁜 마음을 가지게 될지도 모를 일이다. 적어도 약자를 향하던 희생 제의의 폭력은, 물론 여전히 안타깝지만, 그럼에도 새로운 방향은 찾게 된 셈이다.

이로써 우리는 시인이 왜 거듭 우울과 사랑의 전신을, 전신의 달리기를 이어 가는지 조금 납득할 수 있을 것 같다. 아마도 시인, 그간의 희생양으로서의 모습들을 거쳐 바로 시인 그 자신의 모습으로 달리기 위해, 궁극적으로 희생 제단을 향하기 위해, 그는 전신의 달리기를 이어 간 것으로 보인다. 그렇기에 우리는 마치 올림픽 성화 봉송이 여러 주자를 거쳐 최후의 성화 주자에게 전달되는 장면을 보듯, 계속되는 전신을 거쳐 시인의 모습으로 성화를 든 그의 모습을 발견할 수 있을 것 같다. 나아가, 머잖아 성화를 들고 제단으로 향해 달려 나가는 그의 달리기 역시 상상해 볼 수 있을 것 같다.

시인은 달린다. LP판의 바늘처럼, Track 1을 지나 Track 6을 향해, 조금씩 트랙 안쪽으로, 안쪽으로 달린다.

---

13 지그문트 프로이트, 「토템과 터부」, 230쪽.

## 4. 제의와 비극

이처럼 시인을 상징하는 토끼는 토템이다. 아니 이쯤 해서는 시인 그 자체를 토템이라 이야기해도 괜찮을 것이다. 우리는 토끼탕을 끓여 먹고, 시인을 나눠 먹으며 '나'와 '우리'를 갱신한다. 무심코 혹은 별수 없이 약자를 희생양 삼던 우리네들도 토템과 더불어 죄의식을 혹은 저항의 성취를 느끼며 '나'와 '우리'를 새로이 할 기회를 얻을 수 있을 것이다. 그러나 우리 "사랑하는 사람의 눈동자에서 정말 셀로판지 구겨지는 소리를 들었어?//사랑을 해 보긴 한 거고?"라는 질문 앞에서 순간 머쓱해지지 않을 수 없을 것 같다(「일용직 토끼」). 최승자 시인의 「청파동을 기억하는가」에서는 분명 들을 수 있었던 저 소리를, 저 사랑을 오늘날 '우리'는 좀처럼 들을 수 없는 시대에 살고 있기 때문이다.

요컨대 현존하는 시인을 희생양으로 삼을 수조차 없는 어떤 시대. 가만 생각해 보면 최승자, 기형도 같은 시인들 이후 오늘날 희생양다운 희생양이 될 수 있을 시인이 과연 존재할 수 있는 것일지, 대답하기가 어렵다. 시인의 고통이 아무리 크다고 하더라도, 그의 자발적 희생이 놀랍도록 순수한 것이라 하더라도, 오늘날 독자는 과연 현존하는 시인을 토템으로 삼을 수 있는 것일까. '청년'의 죽음, '진정성'의 죽음, '근대문학'의 죽음, '역사'의 죽음 등과 더불어 '시인' 또한 함께 죽지 않을 수 없었을 것으로, 이제 현존하는 시인은 그 자체로 더 이상 신성한 존재가 될 수 없어 보인다. 물론 청년과 진정성, 근대문학과 역사가 아직 완전히 죽지 않은 것처럼 시인은 딱 그만큼, 죽은 몸, 죽은 이름으로 존재하며 그 힘을 발휘하고 있을 테지만.

그러니 시인의 전신-달리기가 희생 제단으로 귀결되기란 좀처럼 가능해 보이지 않는다. 시인을 제물로 바치는 그런 희생 제의에 더 이상 관중석은 채워지지 않을 것 같다. 그간 시인이 보여 준 성실한 전신의 달리기는 어쩌면 무모한 애씀은 아니었던 건지, 우리는 어떤 씁쓸한 기분을 가질지도 모르겠다. 그러나 『미분과 달리기』는 여기서 멈추지 않는다. 무엇보다도 시인은 그의 이러한 무모한 시 쓰기를 또 하나의 '방법'으로 삼고 있기에, 즉 시인은 예상이라도 한 듯 위와 같은 독해를 하나의 계기 삼아 또 다른 방향으로 나아가고자 하기에, 우리는 그의 트랙에서 떠날 수 없다. 시인이 보여 주는 사랑과 우울의 이 끝없는 전신의 달리기를 거듭 더 바라볼 수밖에 없다.


우리들, 굉장히 즐거워 보여요


그는 물방울 속에 뭐든 담을 수 있지요


무엇이든 할 수 있다는 건


연민과 공포를 잘 배합한다는 것


나는 물방울 속에 담긴 얼굴을 보며

알이나 별을 생각합니다

(중략)

우리들, 분명 죄를 지었는데

왜 개운할까요

그는 육체가 없어서

아무것도 할 수 없지만

모든 것을 보네요

—「모집과 도항」 부분

"연민과 공포를 잘 배합한다는 것", 그것은 흥미롭게도 시인에게 "무엇이든 할 수 있다는" 것으로 규정되고 있다. 그렇다면 "연민과 공포를 잘 배합"하는 일이 무엇이길래 "무엇이든 할 수 있"는 일로서 규정되는 것일까. 그 이유는 밝혀지지 않고 있지만, "연민과 공포를 잘 배합"하는 일이란 아리스토텔레스의 『시학』 이래 '비극'의 오랜 고유의 일이었다. 게다가 고대 그리스에서부터 비극이란 그 "기원을 제의로 삼고 있"으며 나아가 "제의를 대체"하며 그 정체를 구체화했던바, 우리의 맥락에서 시인의 저 시구는 자못 의미심장해 보인다.

신들의 악마적이고 파괴적인 양태에 대한 경험은 '비극'과 '제의' 모두에 가로 놓인다. (중략) (다만 비극과) 대조적으로 제의의 종교적 태도는 물자체의 영역을 인격신의 형태로 이해하는바, 인격신으로서 신은 매우 자비롭고 또한 인류 공공의 선을 항상 걱정하는 존재이다. 제의의 틀 안에서 인간은 신들 앞에서 경외심을 가지고, 희생과 기도, 그리고 금기의 준수를 통해 악마를 달래고 세계의 물자체의 차원을 통제하고자 한다. 제의의 위와 같은 태도는 일종의 회유책이며 회피책이다. 이들은 신들 앞에 엎드려 절하며 마법적 수단을 통해 그들을 특정 범위 안에 묶어 두려고 한다. (중략) 한편 (제의 안에서) 모든 것을 최종적으로 결정하는 이는 인간이 아니라 신들이다. 의례적으로 규정된 세계는 자연과학만큼이나 엄격한 인과관계의 영향 아래에 있는데, 기도나 희생이 그것이 바랐던 목표를 달성하는 데 실패한다면, 그 실패는 제의 수행 과정에서 발생한 실수 탓으로 돌려질 뿐 제의 그 자체의 효과는 결코 의심되지 않는다. 윤리적 자유를 비롯해 개인적 결정과 책임의 차원은 제의의 양식에 설 자리가 없다.[14]

제의로부터 출발해 그것을 대체해 나간 비극은 희생 제

---

14 Susan Taubes, "The Nature of tragedy", *The Review of Metaphysics*, Vol.7, No.2, 1953, pp.196-197.

의와 공통의 전제를 공유하지만, 비극은 그야말로 문학답게, 종교와 구별되는 문학만의 분명한 차이점을 보여 준다. "신들의 악마적이고 파괴적인 양태에 대한 경험은 '비극'과 '제의' 모두"에 공통적인 것으로, 다만 희생 제의는 '종교'적인 것으로서 우리의 소망을 투사해 악마적이고 파괴적인 신을 자비로운 신으로 전환, 결국 우리로 하여금 우리 안에 있는 이 악마성과 파괴성을 "회피"하게끔 만든다. 또한 희생 제의는 당면한 폭력적 상황과 관련해 인간의 모든 권리와 책임을 신에게 양도함으로써, 철저히 "종교"적인 태도로서 당대의 악마적이고도 파괴적인 국면을 통과해 나간다.

반면, 제의의 종교적 태도와 구별되는 문학적 태도로서 비극의 경우, 「모집과 도항」이 보여 주듯, 비극의 신은 제의와 구별되는 신이다. "아무것도 할 수 없지만//모든 것을 보"는 비극의 신은 자비로운 인격신이 아니라, 우리의 죽음 본능과 공격 본능을 창조한, 나아가 유구한 인류의 역사 속에서 희생양 제도를 자연화한 그런 장본인으로서 '신'으로 끝까지 남는다. 요컨대 "아무것도 할 수 없지만//모든 것을 보"는 비극의 신이란, 공격 본능에서부터 반복되는 희생양 제도에 이르기까지 이 모든 폭력을 창조한 원인으로서 존재하지만, 그 해결로서는 결코 존재하지 않는 그런 신이다.

그렇기에 우리는 "분명 죄를 지었는데//왜 개운할까요"라 말하는 화자의 목소리에서 희생 제의의 종교성을 문학적으로 지양(aufheben)해 내는 비극 고유의 양상과 태도를 발견하게 된다. '죄의식'과 '저항(신이 되고자 하는 욕망)' 사이, 즉 에로스와 파괴 본능 사이에서 양극단을 중재하며 발현되던 제의의 기능이, 연민과 공포의 비극적 해소에 다름 아닐 '카타르시스'로 대체되고 있기 때문이다. "운명이라는 요소가 인간 행위를 지배할지라도, 자유에 대한 온전한 자의식을 가진 상태에서 운명의 짐을 짊어진 인간의 의문과 항거에 의해 비극은 작동"[15]하는바, 운명에 항거하는 인간(자유)에 동일시하며 쌓여 가는 독자들의 연민과 공포가 주인공의 파국적 결말과 더불어 카타르시스로 이어질 때, 우리는 인간의 '자유'와 신적 '필연' 사이의 소위 변증법적인 '자유'로서 '비극적 자유'를 획득한다.

그런즉 우리는 "그는 물방울 속에 뭐든 담을 수 있지요"라는 시구에서, 저 물방울이 우리 눈망울에 맺힌 물방울이건 세계를 파괴하는 대홍수의 물방울이건, 그 원인이 '신'에 의한 무엇임을 발견하면서, 동시에 시인을 따라 "물방울 속에 담긴 얼굴을 보며//알이나 별을 생각"하게 된다. 물론 저 "알이나 별을 생각"한다는 것은 작은 수수께끼가 아닐 수 없겠지만, 여기서 우리가 주목해야 할 지점은 바로 신의 파국적 상황에서 우리가 이를 회피하지 않고 끝까지 목격하며 '생각'을 이어 간다는 사실. 신에게 모든 것을 이양하며 제의가 포기해 버린 우리 인간의 '의지'를, 우리는 비극과 더불어 '주시'와 '생각'으로서 다시 이어 갈 수

---

15 Susan Taubes, "The Nature of tragedy", p.198.

있는 것이다. 신이 초래한 이 세계의 악마적이고도 파괴적인 폭력을, 비록 그것이 우리 안에 존재하는 무엇이라 할지라도, 시인은 회피하지 않고 끝까지 바라본다. 그리고 생각한다.

이로써 우리는 이 '생각'이 시인이 개진하는 새로운 '말-노래'로 이어지고 있는 것임을, 거듭되는 전신의 달리기에 상응하는 무엇에 다름 아닌 것임을 얘기해 볼 수 있을 것이다. 시인이 들려주는 오래된 반복의 '말-노래'란 제의를 대체하는 비극의 상연일 것으로, 시인은 폭력을, 목양신 판과 제우스와 같은 신의 의지와 더불어 발현된 폭력을, 거듭되는 전신의 달리기와 더불어 반복한다. 단, 희생 제의가 아닌, 비극으로서 반복한다.

### 5. 달리기, 비극적

지금까지의 논의를 정리해 보자. 우리는 지금까지 '우리'의 조건으로서 신이 창조한 우리 안팎의 악마성과 파괴성을 확인하였고, 나아가 그것의 해결 방법으로서 야만적인 희생양 제도 또한 불가피한 조건이라고 가정하였다. 그리고 우리는 우리의 조건을 인정하되 약자를 제물로 삼는 희생양 제의만큼은 수정하고자 하는 시인의 의지를 확인하였으나 다른 한편으로 시인의 의지가 발현되기 어려운 안타까운 현 상황 또한 확인하였다. 그러나 이제, 우리는 시인의 의지가 제의의 한계를 넘어, 이를 문학적으로 지양해 내는 비극과 더불어 새로이 개진될 수 있음을 조심스레 기대해 볼 수 있을 것 같다. 우리는 시인과 그의 달리기가 처한 아포리아들이 한 권의 비극으로서 상연되고 있음을 발견하기 때문이다.

> 톱과 소형 발염 장치를 샀다
>
> 가스든 손가락이든
> 끊기는 건
>
> 그저 불편할 뿐
> 좋지도 나쁘지도 않았다
>
> 그러니까 나에게는 선택권이 있어서 문제다
>
> —「끈」 부분

『미분과 달리기』 전반을 관통하는 하나의 키워드가 있다면, 이는 단연 '폭력'일 것이다. 잘게 미분된 후 점차 재구성되어 가는 구성을 보여 주는 『미분과 달리기』에서, 특히 〈 Track 2: 점〉의 시편들은 거의 감정이 존재하지 않은 채 끔찍한 폭력들이 발생했거나 발생하고 있다. 예컨대 화자에 의해 이루어지는 자해적 폭력들은 그저 담백하게 "작업"으로 명명되거나(「오늘은 실수가 잦다」, 「공심채를 볶는 저녁」, 「메카닉」) 자해적 폭력 행위를 앞둔 듯한 상황에서도 화자는 "남들보다 먼저 끊어 보려고/재미 좀 보려고"와 같이 말할 뿐

이다(「끈」).

다만 우리는 "물을 빼자 모래를 붓자"라 말하는 화자의 목소리를 비롯해 "파충류의 돌기, 소화기관, 시력//거미줄 같은 것을 익"히고자 하는 화자의 태도에서(「바이오」), '점'의 수준에서 우리가 획득할 수 있는 최선의 방향이란 '무감정'일 수밖에 없는 것은 아닌지 생각해 보게 된다. 만연하고도 불가피한 폭력의 환경 속에서 우리는 '인간-파충류'로, 즉 도마뱀붙이와 같은 '인간붙이'로 진화하지 않을 수 없을 것은 아닌지. 그러니 환경뿐 아니라, 그러한 환경과 더불어 존재하는 '나' 역시 일종의 '조건'이라고 보아야 할 것은 아닌지. '점'의 수준에서 '나'는 신이 창조한 이 무수한 폭력과 구별되지 않는 그런 '조건'은 아닌지.

두부를 들고
골목을 걷는다

물컹하고 딱딱한 그것
온기가 바뀌고
더 이상 움직이지 않는다

네 몸속에 물고기가 있어
나는 그걸 구해 줄 거야

무출혈

저온 수술

—「두부」 부분

〈🎵 Track 3: 선〉에서 역시 우리는 만연한 폭력을 발견한
다. 점들이 이어진 '선'의 양태 속에서 폭력의 반복은 어찌
보면 당연한 것일 수밖에 없을 것이다. 게다가 2부와 구별
되게 3부에서의 폭력은 인간적인 '감정'과 더불어 발현된
다는 면에서, 경우에 따라 좀 더 끔찍한 무엇으로 느껴지
기도 한다. 이를테면 "양을 가른 건 아이를 꺼내 주기 위해
서였어요.", "피가 사방으로 튀어야 덜 아프다고 했어요",
"분명 아이가 구해 달라고 했어요.//배 속에서 양들이 울고
있다고 했어요."라거나(「의료」), "수업 듣는 아이들/기다리다
보면/비도 오고//구령대 밑/창고에 들어가/망치나 밧줄 만
지작거리다가//웃음소리가 들리는 집으로 갔어요", "모두
가 나를 비웃고 있었어요"와 같은 목소리에서 우리는 분명
한 감정과 더불어 발현된 폭력들을 발견한다(「과도와 햇볕」).
　그러나 다른 한편, 전신한 시인의 위와 같은 화자들이 너
무도 무구한 목소리를 가지고 있는 것 또한 주목을 요할
것이다. 3부의 화자들은 순진하다는 생각이 들 정도로 특
정한 목표에 사로잡혀 폭력을 수행하는데, 4부의 여러 시
편들이 "not by AI"라는 부제를 달고 있는 까닭에, 3부에
등장하는 화자의 목소리들은 인간의 것이라기보다 차라리
리플리컨트의 것에 가까워 보이기도 한다. 이처럼 '점'에서
출발한 인간이 자신 바깥의 또 다른 '점'을 추구하며 '선'을

그려 나갈 때, 그 모습은 꼭 어린아이의 그것처럼 맹목적인 무엇에 가까워 보인다. 그런데 이 맹목이 인간적인 감정과 더불어 발현되는 것이라면, 우리는 새로운 주목을 덧붙여야 할 것이다. 우리는 '선'에 이르러, '점'에서 출발한, 즉 내재적이라 말해야 할 폭력이 점차 그 조건과 환경에서 벗어나 인간적인 무엇으로 변화하는 것을 발견하게 되기 때문이다. 그렇다. 이제 폭력은 '신'의 것이 아니라 우리 '인간'의 것이 되는 것이다.

나는 나에게 말을 걸 수 없다. 나는 나에게 말을 걸 수 없다. 나는 나에게 말을 건다. 나는 나에게 말을 걸 수 없다. 스스로 나는 말을 건다.

(중략)

나는 너에게 말을 걸 수 없다. 우리는 지옥을 나눠 가질 수 없다. 그것은 너의 안에 있다. 나는 말을 걸 수 없다. 나는 나에게. 산으로부터. 그것은 너의 안에 있다. 하나의 진동이 퍼진다. 누구에게도 말을 걸 수 없다. 그것은 스스로.

—「욥—not by AI」 부분

성경에서 욥은 대표적인 수난자이자 참된 믿음의 한 모델이다. 신의 무자비한 폭력에 의해 욥은 거듭 부서지지만, 이를 끝까지 견디어 낼 뿐 아니라, 자신의 가치 판단 능력 모두를 신에게 양도함으로써 신으로부터 더없는 축복을 받는다. 그러나 비극의 신은 욥의 신과 다르다. 비극의 인물 또한 종교 이야기의 인물과 같을 수 없다.

"나는 너에게 말을 걸 수 없다." "우리는 지옥을 나눠 가질 수"조차 없다. 심지어 "나는 나에게 말을 걸 수 없"는 철저하게 단절된 어떤 불가능의 상황. 그럼에도 "그것은 스스로" 존재하며 말을 건다. 신적인 것에 다름 아닐 "그것". 그런데 시인은 "스스로 나는 말을 건다"라고 쓴다. 성경 속 욥이 아니라 '시집-비극' 속 욥은, "그것"과 마찬가지로 "스스로" 말을 건다. 비록 그 행위가 소통과 대화로 이어지지 않는다 하더라도, '나'는 "그것"과 동등한 위치에서 말을 건다.

시인의 '욥'은 그러므로 더 이상 성경의 욥이 아니라, 비극의 욥이다. 까닭에 시인의 '욥'과 더불어 개진되는 온갖 폭력들 역시 비극에 걸맞은 무엇이 아닐 수 없다. 〈▦ Track 4: 면〉, 〈▦ Track 5: 색〉에 배치된 시편들에서 역시 폭력들은 거듭되는바, '면'이라는 테두리는 그 안에 존재할 온갖 '점'과 '선'을 통제해 내는 '체제'적인 무엇으로 폭력의 양태들을 드러내고, 그 테두리 안쪽으로는 '일상'적인 폭력의 양태들로 구석구석 그 '색'을 채우고 있다. 그러나 그러한 폭력들은 더 이상 고발의 대상도, 우리와 무관한 조건의 발현도 아니다. 시인의 '욥'에게 있어 그런 폭력들은 정확히 우리의 것, 우리가 우리일 수 있도록 우리가 만들어 낸 우리의 그림자 혹은 우리 그 자체에 다름 아닌 무엇인 것이다.

## 6. 우리,

다시 시인의 트랙으로 되돌아가 보자. 트랙 안쪽으로는 희생 제단이 놓여 있고, 그 둘레에 펼쳐진 트랙 위를 시인은 거듭 전신하며 달린다. 시인은 희생 제의와 더불어 우울과 사랑의 전신을 반복한다. 관중석의 우리는 무엇을 보았는가. 요컨대 신의 폭력에서 시작해 결국 인간의 폭력으로 귀결되는 『미분과 달리기』에서 우리는 무엇을 보았다고 얘기해야 할까. 〈▦ Track 6: 육체〉에 이르러 우리가 얻게 될 '육체'란 무엇인 것일까.

앞선 논의를 통해 우리는 시인의 전신-달리기가 희생 제의를 소재로 삼은 비극의 상연임을 확인하였다. 우리의 조건으로서 폭력과 그 폭력을 통제하고자 하는 희생 제의의 폭력 모두를 시인은 종교적인 것에서 문학적인 것으로 재전유하며, 그 책임의 소재를 '신'에서 '인간'으로 전환하였다. 그렇기에 우리는 시링크스와 이오의 '말-노래'를 반복하며 전신-달리기를 거듭해 온 시인의 시 쓰기를 두고, 우리의 조건으로서 악마성과 파괴성을 신의 것에서 우리 인간의 것으로 빼앗아 오는 과정 자체라 얘기해 볼 수도 있을 것이다. 요컨대 시인의 '전신-달리기'란 '신화'와 '제의'의 이야기들을 '비극'의 이야기로 다시 쓰는 지극히 문학적인 과정이라고 말이다.

그리고 우리는 트랙의 관중석에 초대된 것이 우리 인간들만이 아니라는 사실을 뒤늦게 발견한다. 그렇다. 트랙의 주인은 시인이지 더 이상 신이 아니다. 모든 것의 '조건'이자 사실상의 '주체'였던 신은 시인에 의해 관중석에 앉히게 된다. "나는 그대와 이렇게 아름다운 소리로 언제까지든 대화를 나누리라!", "이봐요, 그대가 누구든 여기 이 바위에 나와 나란히 앉아도 좋아요."라 말하던 신들, 그들은 어느덧 불쾌한 표정을 숨기기 어렵게 된다.

"우상파괴주의[가] 그 자체로 하나의 우상"[16]이 되어 버린 오늘날, 이로써 현실과 제의가 구별 불가능한 것이 된 오늘날, 이처럼 시인의 '전신-달리기'는 신을 다시 소환하고, 그리고 그에 맞선 끝없이 달리는 한 인간을 보여 준다. 시인의 달리기란 마치 시링크스와 이오의 저주로부터 풀려나오지 못한 듯한 우울과 사랑의 반복이지만, 더불어 신의 그것과 구별되지 않을 만큼 악마적이고 파괴적인 무엇이 아닐 수 없지만, 그러나 우리는 시인의 달리기와 더불어 비로소 그동안의 신의 폭력으로부터 다른 무엇을 꿈꿀 수 있을 가장 문학적인 방법을 획득한다.

시인은 달린다. 거듭 전신하며 우울과 사랑의 달리기를 이어 간다. 그것이 그간의 온갖 폭력들을 반복하는 무엇이라 할지라도, 결코 폭력의 극복이라고 얘기하기 어려울 패배와 반복의 달리기라 할지라도, 우리는 우리 곁 당황한 신의 표정을 발견하며 다시금 깨닫는다. 시인과 더불어 우리가 목격한 것이 무엇인지, 앞으로 우리가 얻게 될 새 육체가 무엇인지.

---

16 W. J. T. 미첼, 『그림은 무엇을 원하는가』, 김전유경 역, 그린비, 2010, 33쪽.